네 눈 속에 나

최완순 시집

뜨라호드

초판 발행 2019년 10월 28일
지은이 최완순
펴낸이 안창현 **펴낸곳** 코드미디어
북 디자인 Micky Ahn
교정 교열 오재령
등록 2001년 3월 7일
등록번호 제 25100-2001-5호
주소 서울시 은평구 갈현로 318-1 1층
전화 02-6326-1402 **팩스** 02-388-1302
전자우편 codmedia@codmedia.com

ISBN 979-11-89690-18-2 03810

정가 10,000원

이 도서의 국립중앙도서관 출판예정도서목록(CIP)은 서지정보유통지원시스템 홈페이지(http://seoji.nl.go.kr)와 국가자료종합목록 구축시스템(http://kolis-net.nl.go.kr)에서 이용하실 수 있습니다. (CIP제어번호 : CIP2019042099)

이 책은 용인시의 창작지원금을 받아 출간하였습니다.

네 눈 속에 나

최완순 시집

대장간에 달궈진 놋쇠처럼

참 좋다
향내 나는 숲길 걸어와 구원자의 미소로
잠재된 미완의 벽 깨뜨리고 불꽃을 지펴
내 영혼에 위로의 축배를 든다

참 기쁘다
글밭에 뿌리내린 목마른 감성의 외침을
어루만지는 눈빛 있어 이해하고 다독여 준다면
난 그저, 행복할 뿐이다

골목길에서 빛을 발견한다
대로가 멀지만 시안(詩眼)의 미로를 찾았다
대장간에 달궈진 놋쇠처럼 내 열정은 흰머리 물들이며
지금도 가슴이 붉다.

최완순

1 부   네 눈 속에 나

꽃 마중 물   2부

3 부

그날

낙엽 4부

5 부   목소리

가까이 가는 줄 모르고 꽃을 피웠고

가까이 갈수록 황금빛 열매 눈부셨다

그 앞에 서니 낙엽 되는 것을

1

네 눈 속에 나

봄 1

숨소리 파랗다
웃음소리 싱그럽다
죽어가는 것들 소생력 치열하다
검어진 얼굴 꽃비로 세수하고
가지마다 태아의 울음소리 맺히면
새 살 돋아난 생명들 들숨 날숨 꽃이다
각질 벗겨진 피부 아기 얼굴이다
핏물 물고 상처 치유하는 저 환희
살갗 터지는 고통
생의 서막이다

봄 2

따뜻하다
노여움 얼음이었다
땅속을 깨우는 봄 용서다

훈훈하다
화합의 빗장을 열어주는 봄
피돌기 찾은 대지 살결이 붉다

아름답다
생명이 태동하는 자궁 속
핑크빛 내일을 출산하는 산실이다

네 눈 속에 나

그냥, 웃어준다
네 눈 속에 나를 심는다
멀리 있던 정겨운 숨소리
내 가슴에서 마중한다

그냥, 눈을 깊이 들여다본다
푸른 강물 닮은 눈망울
흰 돛단배 띄운다
끝없는 열정으로 노 젓는 여인
나를 네 눈 속에 가둔다

사랑을 하고 나는 웃고

옹알이하듯 서툰 영어 발음 진지하게 들으며
트로트 가사에 취해 혼 빠진 얼굴 해도
잠에서 일어난 마른 얼굴에 입술 대주며
첫사랑 지우지 않는 열정

젊음의 생기 사라지고
이벤트 없어 심쿵하게 불평 쏟아도
햇살 끌어다 닦아주며
건강하게 웃고 있는 고마움

아직도 동화 속 어린왕자 이야기하면 들어주고
친구의 밥그릇 황금 덩이라 떠들면 웃어주며
훌륭한 여자들 부러워 우울하면
비움의 겸손 일깨워주는 너그러움

일하는 뒷모습 포근히 안아주고
화려한 성격은 아니지만 화려함을 싫어하지 않는
아픔을 침묵으로 위로하는 사랑

당신이 있기에 나는 오늘도 웃습니다

저울 추 없는 여인

발가벗고 만난 그녀를 엄마라 말했다

살갗 가릴 옷 입혀주며 젖꼭지 입에 넣어주던
부드러운 손을 지닌 그녀를 엄마라 불렀다
어둠 속에서 듣던 순한 목소리다
탯줄 잡고 세상 밖으로 나왔을 때
옹알이하는 입술에 웃음 가르쳐준 무한한 애정
마냥, 품속에서 쉬고 싶은 저울 추 없는 가슴

시간의 문 열고 울음을 터트린 분신(分身)
얼굴은 깃털처럼 부드러워 평온했고
야윈 손끝에서 느껴지는 생명의 빛은
눈물을 사리로 구워내
삶의 기둥 세워주려 다짐했다

주어도 저미는 너를 생각하면
천둥치듯 아픔이 뛰고
해맑은 너를 대하면

봄볕에 얼굴 내민 목련꽃 된다

그곳

서둘러 마른 가지 위에 꽃봉오리 피워내고 있다
꽃술 위 날아드는 벌들의 입맞춤
맑은 태양 아래 무르익는 꽃향기 취한다

구름 같은 세월 등에 업고 바람 부는데
언제 돋아난 걸까 늑골 아래 굳어진 옹이
가끔씩 찾아오는 해충 떠밀며 경계했지만
높은 곳 향해 자꾸만 등 굽어진 생명

가까이 가는 줄 모르고 꽃을 피웠고
가까이 갈수록 황금빛 열매 눈부셨다
그 앞에 서니 낙엽 되는 것을

겨울 산

켜켜이
속마음 드러내지 않을 듯
상처 하나 없는 듯
죽어도 죽지 않을 듯
도도하더니
이렇게 살았노라
흔적 드러내 놓고
노인의 모습으로 서 있다

계절의 장르마다
인생살이 무언으로 연기하고
세월은 나무 사이로 숨어들면
허무를 문신한 듯 하얀 얼굴

저 산
초연히
봄이 오면 새로운 각본 연기하는
재기의 삶이 부럽다

괜찮아

삶 속으로 따라붙는 가시 꽃
헤어지면 찔린 가시에 너덜거리는 고독
하얀 소리 지르면 어둠에 숨 막혀
겨우 숨 쉬고 있는 아픈 기억들 건드리면 숨 막혀
후회가 포도알처럼 검게 매달리고 있다

버려진 시간에 오늘을 더하면
상처가 너무 깊어서
고드름 매달고 해를 바라보는 건포도알

괜찮아 아직도 이야기할 시간 여행 남았잖아
괜찮아 마음속엔 혈맥 같은 언어가 살아 있잖아
괜찮아 양수 터지던 그날 울음소리 숙명이었으니까

돌아온 베짱이

글밭에 생각의 씨 뿌렸다
유전자 없는 문장 뿌리내리려 몸부림친다

파헤쳐놓은 이야기들 차려입고 외출한다
피보다 강렬했던 열정으로 들보 세우며
작가의 문 연다

꽃삽에 실린 이야기 마음을 여미기 전
그린 위 흰 공 쳐올리며 눈썹 그늘 깊어진다
게임은 재미없는 영화처럼 하품하고
발걸음은 가방 싸는 집시의 손놀림처럼 느리고
고독해지는 풍요 마른 비늘처럼 풀밭에 떨어진다

터지는 꽃 싹 다시 가꾸기 위해
하얀 종이 위에 심신 의탁한다
젖꼭지 물고 보조개 피우는 아기처럼
영혼의 노래 부르며 키워드 연주한다
행복을 쏟아낸다

살갗이 시리다

내 기억 속에 살 내음이 향긋하다

눈동자 속 무덤 파놓고
바스스 떨던 미소
눈비에 젖듯 빛바랜 숨소리
손등에 핀 검은 꽃 이별의 씨앗 품고

모든 문을 닫고
통로를 잃은 말은
유령처럼 떠다니는데
삶은 블랙홀 속으로 빛을 잃었다

긴 침묵으로 쏘아 올리는 그리움
오늘도 보고 싶다

내 기억 속 벗은 살갗이 시리다

불꽃

옛날엔
비가 오면 인적 없는 해변에서 비를 맞고 있었습니다
비를 맞으며 누군가의 가슴속에 젖어들 것 같아
소리 없는 외침으로 사랑을 기다렸습니다

젖은 머리에서 떨어지는 빗방울
고독의 눈물이었습니다
슬프지도 않은데 처절해지고 싶은 여울
사랑이 뭔지 모르는데 비련에 애달픈
여자처럼 비를 맞았습니다

지금은
비가 오면 우산 쓰고 거리를 걷습니다
아스팔트 위에 떨어지는 빗소리
기다리는 숨소리 같아 마음이 바빠집니다
사랑이 슬픔인 줄 알았던 여자는
불꽃처럼 뜨겁다는 것을 알았기 때문입니다

소나기 쏟아지는 새벽을 좋아합니다
양철지붕 위 떨어지는 빗소리에

몸이 뜨거워집니다
그대의 품속에서 촉촉이 젖는 안개 낀
해변의 향수를 만납니다
빗소리는 연가로 듣습니다

보낼 수 없어서

혼자 가서
혼자 머무는 곳
문틈으로 엿볼 수 없는 곳
아이가 신발 벗고 맨발로 갔다

이름 지운 얼굴 헤어질 때 그 모습인지
말할 수 있어서 보고 싶다고 글썽이는지
별 세다 두 손 잡고 속삭이는지
누구도 갔다가 돌아와 본 적 없는 곳

깃털 뽑혀 날 수 없는 큰새
웃음 안겨주던 얼굴 보고 싶어
숨 쉬는 의미 내던진 노인의 미소로
매일 재앙이 된 그리움에게 손짓 한다

미라(mirra)가 되어 진 아이
웃음을 잃은 말라버린 꽃

나의 눈물 적시어
야윈 꽃 예전처럼 웃으면 좋겠다

또다시 부는 바람

지하철 층계를 오르내리는 경제일보 먹구름이다
입 속 머뭇거리는 말 송곳 될까 조심스럽다

재래시장 생선가게 여자의 계산기 치는 소리 혀끝이 맵다
붉은 통속에 갇힌 물고기 바다 냄새 그리워
비늘 벗겨진 채 검은 눈만 껌벅거리고 있다
인생을 막 설계하려는 청년의 흰 종이 구겨져있고
전쟁인지, 안보인지, 평화인지, 어제 같지 않다
바람에 꺾인 가지 참새들 앉을 곳 잃었다

화려한 빈곤 속에 고단한 현실이
또 하루를 옮기는 지금
튼실하게 뿌리내릴 땅이 말라가고 있다

외면했던 용서의 추에 그리움 언져

생기 있는 만남을 새하얀 종이에 실어 보냅니다

2

꽃 마중 물

생(生)

노인의 얼굴이 산이다
함께 가던 세월이 불을 지피고 있다
노인의 치마가 붉게 타고 있다

온 산이 피를 토해 내고 있다

노인의 얼굴이 낙엽이다
멈추지 않는 시간
생의 옷을 벗긴다
알몸 바람에 스러지고 있다

노인은
봄을
어루만진다.

눈이 내리네

꽃 모자 쓰고 군무 추며
하늘의 경계 지운 당신은
목화 꽃송이 피어내며 내려오십니다

순백의 꽃잎은 허물을 덮어주는 용서
소리 없는 몸짓은 비움의 속삭임입니다

깊은 밤 나뭇가지에 사분히 앉은 당신을 보면
어눌한 사랑은 멀어진 다정한 호흡 소리와
기억에서 지우려는 영상들 되찾아
목소리 없는 통곡으로 밤을 밝힙니다

당신의 눈물로 봄을 여는 풀뿌리처럼
화합의 문을 여는 무소유의 아름다움으로
생명을 싹트게 하는 희생을 배웁니다

밤 세워 오지를 돌아 찾아온 아침
외면했던 용서의 추에 그리움 얹어
생기 있는 만남을 새하얀 종이에 실어 보냅니다

감사

숨통 조이는 더위
득실거리는 병균과 굶주림
죽음을 수태한 전쟁터
꿈을 잃은 검은 도시

말은 서로 다르지만
이유를 잃은 얼굴들
두려움 눈 속에 가둔 채
젖어 있는 눈동자 보면 너무 아파
풍요와 자유가 있는 이곳에
태어난 것을 감사한다

팔다리는 무엇을 향해 움직일 수 있고
입술은 꽃잎 열듯 사랑을 속삭이며
귀뚜라미 소리를 연가처럼 들을 수 있음을
감사한다

어둠을 어둠으로
빛을 빛으로 볼 수 있고
누구에게 아픔으로 남지 않고

불행한 삶 피해
보통 사람으로 살아갈 수 있는 것을
감사한다

사랑하는 사람들 내 곁에 있고
잊혀진 사람으로 있지 않고
아직은 누군가 함께하고 있다는
현실을 더욱 감사한다

얼굴 한번 내민 적 없는 너 - 시

젊음의 뜨락에서
얼굴 한번 내민 적 없던 너
닮은 얼굴들 흰 치마폭에 감싸 안고
동전 모아지는 소리에 잊고 있던 너

통증 많은 덧없던 오후
자책에 찔린 허기진 내가
오래된 봉투 속에서 너를 꺼낸다

터널 속에서 생각의 바닥을 뜯어내는 반딧불
어둠의 언덕 오르는 새벽, 머리 질끈 동여매고
수면 위 뛰어오른 물고기의 몸짓으로
검은 바위 쪼아 조각한 새 낯빛은
꿈틀대던 붉은 화산을 내뿜는다

미소 진 얼굴 검버섯 밀쳐내고
내가
네가
고인돌 밖으로 뛰어나와
발가벗고 웃는다

세월에게

자궁 문이 열리던 그날
어떻게 살라는 언질도 없이
희비 담긴 생 내어주셨지요
양수로 젖은 머리 마르기 전 받아든 오늘
두루마리 달(月) 속에 던져놓고
울고 웃던 오늘이 만월이지요
어찌 하나요
도리에 어긋나지 않은 삶 살고 있는데
조건 없이 주신 그날들
돌아오지 않는 시간인 것을
희나리 진 나이만 쓰다듬고 있지요

주신 날들 아직은 남았는데
언제쯤 흙의 속살 속으로 밀월여행 떠나지요
야속한 당신
기한 면전에 있는 듯한데 주실 때 그러했듯
알 수 없는 삶 덤으로 더 주시면 어떻겠는지요?

꽃 마중 물

잔설 속 복수 초 얼굴 내밀면
성급한 매화 나뭇가지에 봄 싣는다
꽃비에 추운 땅 녹아지면
목련나무 덩달아 꽃잎 물고 하늘 본다

아직도 울고 있는 겨울 나그네
봄 뜰 안에 밀어 놓고
설익은 봄바람
앙 가슴속에 끌어안으면
피어오르는 풋풋한 꽃망울

산모퉁이 돌아 숨어 울던
하얀 눈물은 꽃 마중 물
꽃이 피네
꽃이 피네

공허

목마 탄 꿈은 뒷걸음질 치고
거울 속 젊은이 절뚝거리고 있다
맞출 수 없는 미래의 퍼즐 조각들
산재한 욕망의 지문 자국
내일을 밀어내고 있다

먼지처럼 가벼워지고
쌓이는 눈처럼 깊어지고
좌절은 절망과 입맞춤하는데
그 속에 몸부림치는
절대 고독

덫에 걸린 내 안의 나
남루한 절제를 걸친 채
낮달의 겸허한 모습 절망이라 말하며
과욕을 분신처럼 방안에 눕힌다
허기진 욕망 습한 하루가 무너져 내린다

7일의 비곡

불볕 내려 쬐는 한낮
목청 찢기는 울음소리

7년을 땅속에 묻혀있다 나온 매미
눈부신 햇살로 연미복 차려 입고
타는 살결 소금 꽃 향수 뿌리며
도리질하는 꽃바람에도 아랑곳없이
환생의 끈 붙잡고
촉수 세우는 가련한 사랑

7일간의 비곡은 다음 생을 옮기는
서곡인가, 절망 속 희망인가
인연의 곡조 서러웁게 퍼진다

순간을 영원으로 이식(移植)하며
흙냄새 두려워 울고
여름 가고 찬바람 스며들면
눈썹길이 만큼 짧은 생명
통곡으로 마감하고
각질 벗은 어둠의 7년

그는 가고

그는 다시 오고

또 가고

---

*매미는 7년을 땅속에 있다 나와 7~14일을 울다 죽는다

지루한 하루

죽은 듯 누워있다

공백, 침묵, 어둠

부스스 일어나
허기진 사람처럼 먹을 것 떠올리며
냉장고 앞을 서성인다
먹을 만한 것 무엇이 있나
사과, 수박, 아니지 씹는 맛 나는 것?
없다
아이스크림은 어때?
냉장고 앞을 떠나
소파에 몸을 던진다.

공백, 침묵, 어둠

시계를 들여다본다
땅거미, 20시 30분

기다림, 만남, 미소

퇴근 시간 맞춰 발소리 소란스럽다
땀 냄새 부비며 밖에서 들어온 사람들
창틀 밖 불빛 속에 누워있다
나도 누워있다
혼자 있어도 혼자가 아닌 듯

허공의 먼지

꽃잎 까맣게 떨어지네
떨어진 꽃잎 물고 가는 흰개미
줄지어 따르는 작은 개미들
젖내 나던 걸음걸음 큰 발자국 옮기더니
지팡이에 제 살 붙이고
그림자 없는 세월 마침표 찍고 가네

벗어놓은 행주치마
어둠 속에 파묻고
애통한 울음소리 마디마디
스며드는 불길

미련 많던 생 도자기에 담겨
허공의 먼지 되어
황천길 홀로 가네

믿음

사랑이 멀리 있거든
따사로운 햇살과 마주하며 기다려 봐
분명히 설렘 안고 다가올 거야

슬픈 꽃처럼
영원한 기다림은 없어
너의 웃음소리 듣고 있어

사랑이 늦게 찾아오거든
낮달 너를 안고 싶어
바람에 비틀거리며
달리지 못하는 신발끈 묶고 있다고
믿음으로 절망 다독여봐

아직은 네가 내 심장 뛰게 하고
기다리다 더 뜨거워지고 있다고
말해 봐

하루는

숫자로 묶인 달력 속에 산다

끝이 없는 이야기 각색하며
일상과 손잡고 매일 집에서 나온다

가는 곳은 현재와 미래와 과거다

광년의 빛을 피부로 두고
뛰지 않는 심장을 달고 있다

하루는
우리에게 필연의 삶을 자유롭게 주고
세월이 낡아 주름지고
온몸의 곡소리 병동을 찾을 때
흙의 밀실로 숨소리 안내한다

영원과 죽음이 공존하는

하루는 심장이 없다

어미로 가는 길

담장 사이 넘나드는 울음소리
짝 찾는 애절함인가
먹이 찾아 헤매는 허기인가
할퀴듯 앙칼진 여운
어둠을 휘젓는다

달빛 뚫고 해를 입에 문 아침
사랑 찾은 검은 고양이
열정은 날 선 바람을 일으키고
지붕 없는 신방에서 울음소리 그치고
태동하는 생명

고통보다 더 아픈 침묵으로
혼자 치루는 배앓이
비로소 새 생명 애무하는 검은 고양이

네가 지금의 내 삶을 살고 있을 때

사랑하는 사람들과 행복할 텐데

그날의 나는 잊혀진 사람이다

3

그날

바람이고 싶어

그리워하며 기다리는 것보다
바람처럼 다가가고 싶다

흐르는 사랑보다
스며드는 바람이고 싶다

생각하며 애태우는 사랑보다
바람으로 머나먼 길 함께 가고 싶다

그대와라면
태풍처럼 격렬한 몸짓도 좋아
슬픔을 치장하는 웃음도 좋아
바람의 영혼으로 서로의 심장 흔들며
하루를 마치는 그런 자유가 좋다

해후

잊었던 소녀의 해맑던 미소
어떻게 웃어야 백합꽃 표정 될지
거울 보고 웃지 않아도
그냥 지어지는 예쁜 동심

다시 깨어나는 오늘
그 순수가 그대 향해 웃고 있습니다.
만남을 만지작거리는 설렘이
아이와 같습니다

울타리 없는 싸리문에 던져졌던 편지
뜨거웠던 약속들 사라지지 않고
갈무리된 그날의 감정 깨웁니다

어떻게 살까

네가 지금의 내 모습이 되어 있을 때
나는 흙속에 살을 묻고
하늘에 전입신고 마친 입주민이다

네가 지금의 내 나이가 되면
너의 모습이 어떤 얼굴일까
정말 보고 싶은데
눈이 흙 되어 널 볼 수 없다

네가 지금의 내 마음일 때
잃어버린 것에 대하여
묻고 싶은 것 많았는데
공기를 마실 수 없어
말할 수 없다

네가 지금의 나처럼 기억이 퇴색해지면
이젠 나를 이해하느냐고
눈 속을 들여다보며 웃고 싶었는데
산에서 내려갈 수 없다

네가 지금의 내 삶을 살고 있을 때
사랑하는 사람들과 행복할 텐데
그날의 나는 잊혀진 사람이다

첫사랑

갓 피어난 노을
수줍게 얼굴 붉히는 들녘
황금 비단 자르르 펼쳐놓은 듯 벼 이삭 영글어가고
논둑 길엔 화사한 낯빛 띤 코스모스꽃
아찔하도록 아름답다

그 길 따라 걸어오고 있는
영혼의 빛 소녀
다가오는 미소 띤 얼굴 위로
청춘의 문 여는 소년의 가슴은
설렘으로 덧칠되고
그날의 눈부신 첫 마주침
눈 속에 가둬 놓고 사모한다

생각의 끝에 매달린 용기는
산소 같은 그리움을,
그렇게 잠 못 이루는 밤을,
흰 눈이 얼기 전에 한번은 전하고 싶어
베르테르의 슬픈 발자국 밟으며
영혼 앞에 선 붉은 두근거림

싸리 눈은 날리고
멀어지는 소녀의 미소

두 번의 미소는 오십 년이 지나도 가슴을 뛰게 한다

소금 꽃 - 사랑

긴
기다림
군침 삼키면
목젖 속으로 숨어드는 마른 기침
숨소리 잦아드는 여름밤
미끄러지듯 흐르는 별들의 눈부심

달빛 내려와 박꽃 피어내는 밤
개울가에 목욕하는 여인
옷 벗는 손 끝 떨림은
돋아난 하얀 소금 꽃은
물 젖은 연인의 속살 떨리는 사랑

인연의 덫에 허리 휘감긴 붉은 꽃나비

동창회

빨갛게 핀 장미 꽃
커피 숍 창가 햇빛 받으며 앉아 있다
꽃 윤기 잃었지만 허리 곧게 세우고
연륜 물고 우아하게 커피잔 손에 올린다
시간 지나면 어둠에 빛 잃을 햇빛들
저마다 빨간 꽃잎 위에 시선 머문다

유난히 튼실한 나뭇가지 정원 뜰 점령하고
의연히 삶의 향기 풍기고 있다
소란스런 열정들 하얀 거짓말 뒷목에 감추고
꽃밭에 추억의 씨앗 뿌린다

교정 뜰에 피어 있던 토끼풀, 민들레, 쑥부쟁이
햇빛 받아 웃다가 꽃잎에 물기 서리면
머리카락엔 은빛 산수화 그려놓고
낙엽 타는 향내 볼에 칠한 채
코스모스 동산에서 숨은 그림 찾는다

빨갛게 핀 장미 꽃
커피숍 창가 저녁노을 받으며 앉아 있다

아픔은 덫

앗!
아파, 아파라!
체온 없어 하얀 피 되었나
소리 내지 못해 하얀 눈물 흘리나

키만 큰다고 허리 잘라 놓아도
균형 있는 몸매 만든다며 팔 꺾어도
아픈 상처 투정하지 못하고
화분 속에 두 다리 굳게 세우는 애먼 뿌리

어느 날
옹알이 물은 아기 입술처럼
오물오물 터져 나오는 새순들
기다림은 환희

햇살을 온몸으로 마시며
고무나무
웃는다
크게 웃는다

대물림

탯줄 타고 들려오든 자선냄비 종소리
새 생명 뿌리 내리면 물기 거둔 텃밭 허기만 진다
비빌 언덕조차 없는 오래된 빈곤
고드름 문턱을 지키고
구제의 눈물 옷깃 적시지만
가난의 뜰에 온정 나누지만
봄은 와도 눈이 내린다

시간 속으로 이어온 가난
또 기침한다.

그날

부두는 안개로 젖어 있다
쓰러질듯한 여인
만남의 설렘 안고 서 있다

여객선을 응시한다
한동안, 아주 한동안
사람들의 빠른 몸짓에도
숨소리조차 삼킨 기다림
유령처럼 다가오는 절망
오랜 시간 그렇게,
초침 멈춘 시계처럼
움직이지 않고 있다

타오르는 불꽃 끄지도 못한 가슴 안고
회색 담길 배회하다 돌아선 사랑
왜 가는지 묻지도 못한 이별

지울 수 없는 그날의 약속
매일 마중 나오는 그녀
"오랜만이에요…"

슬픈 독백 입술 끝에 숨고
뜨거웠던 속삭임에 돌아설 수 없는 애증

부두에는 안개비 내리고 있다

알고 있나요

숨 꽃 떨어지면
누가 저토록 울어줄까
아비의 영정 앞에서
슬피 우는 저 남자처럼
유골 끌어안고 통곡하는 얼굴 있을까
울어줄 사람 없는 서글픔 삼키는데

알고 있나요

살갗이 소나무 껍질처럼 굳어가고
눈동자 삶 붙잡지 못해 허둥대는 사선(死線)에서
손등 쓰다듬어 주는 눈물 찾는 더듬이
납골당 한 곁에서 한을 토하는
슬픈 여자

허기

희뿌연 내일과 만나기 두려워
인내의 가면을 쓴 기다림 울고 있다

갈아입는 세월마다 투명하게 비치는
청사진 없는 미래
허무만 매만진다

나는 안에서
또 다른 나는 밖에서
세상 얼굴 화장시키며
진한 립스틱 사내 가슴 할퀸다

입고 있어도 알몸인
얼음 같은 생활
벗지 않아도 발가벗은
이 생의 허기
삼베적삼 수의 짓고
끼억끼억 끼어드는 곡소리

구름 위 대들보 세우고
하늘로 이사하는 여자

행복 그레이프

살찐 개구리
멀리 뛰려고 뒷다리 힘준다
한 수 배워 쳐올린 공 하늘 찌르다 떨어지면
그린 위에 청개구리 짓궂게 목청 높인다
또다시,
승부수 띄워보는 균형 잡힌 어드레스
감춰진 욕심 흰 꽃잎처럼 떨어지면
부끄러움에 돌아서는 안개꽃 미소

청 푸른 잔디에 심신을 맡기며
행복 지수 그레이프 날리는데
웃을 수 없는 점수
그래도 굿-샷
웃고 있는 하루

인고 – 새 어머니

맷돌 끌고 길 걸어 온 그녀
어린 입술들 시어머니로 모시며
질경이 같은 반평생을 살았다

민들레 씨앗 털듯 하늘 날고 싶었을
궁궐 속 이름 없는 꽃
애먼 믿음 검게 물들까
귓속에 박힌 투정 흔들지 못하고
입속에 가득 담긴 쓰나미 내뱉지 못하고
하늘만 바라본다

잘못 매듭진 인연 꽃잎 질 때까지
앙가슴에 십자가 끌어안고
쓰디쓴 현실 주님의 보혈로 마시며
사나운 삶 고개 떨군다

끌고 온 맷돌 성수로 닦아 다시 옆구리에 낀다

어느 사이
웃고 있다
손에 난 핏자국 어루만지고 있다

친구가 많아요

아니 친구가 없어요

사실은

생기 넘치는 친구가 있어요

4

낙엽

낙엽

청청하던 잎사귀
붉은 옷으로 갈아입고
사선에 선 열정

바스러져 가는 육신으로
허둥대며 천명을 내어놓는
침묵을 내장한 숭고한 희생

들숨 날숨
땅에 떨어져 씨앗 품는
어머니의 넋

오래된 젊음

그때는
몸매 고스란히 들어나는 원피스에
긴 머리 어깨까지 흐트러뜨리고
하이힐 신고 대수롭지 않게 청춘을 옆에 끼고 다녔다
유리창 속 젊은 여인은 팔팔하게 걸어가며
세상이 좁은 듯 초록 먼지로 피부를 분칠하며
다리에 힘주고 걸었다

어느 날 갑자기,
낯설은 노인 얼굴이
유리창 속에서 따라오며 뒤를 돌아본다
윤기 잃은 짧은 머리,
부풀은 몸매,
뒤축 없는 구두,
벗겨질 듯 어깨에 걸친 자존심 지금을 모르는 눈치다
돌아서 아는 체하는데
여자가 웃고 서 있다
뒤돌아보니

거기엔 나만 서 있다

꿈

2.8 kg 빛과 첫 입맞춤, 그날
하늘로 띄우는 엄마의 철없던 야망
아기 정수리에 월계수 씨앗 심고
솟대엔 만국기 걸며 희망찬 각본 쓴다

달려가는 시간은 이별에 초침을 맞추고
2.8 kg 나랏말씀 버리고 국적 다시 쓰던 날
혈관 속을 채우던 웃음소리 온데간데없어졌다

기다림의 빗장 수없이 풀며
만남의 시간 재촉하지만
너 있는 하늘 멀기만 하고
눈동자 속 그리움 퍼 올리면
해맑은 아이 울고 웃던 그때가 그립다

더듬이 잃은 곤충의 촉수처럼
흰 구름만 바라보는 허기진 오후
그래도 너 때문에 삶의 의미 찾는다

내 보물은,

결혼해서
이사를 한 번도 생각해 본 적 없는 오래된 집이다
고단한 여독을 푸는 포근한 잠자리가 있고 향기로운 꽃이 피고
튼실한 열매 달고 새로운 아침을 맞이하는 희망이 있다
해와 달을 품고 빛과 어둠을 밝히는 등대와 같다
금붕어, 앵무새. 강아지, 때로는 고양이가 살고
장미꽃, 백합꽃, 사과나무, 무화과나무도 심어져 있다
단풍 드는 인생길 따라오며 옛이야기 해주는 추억 있어
항상 웃음이 떠나지 않는다
높은 곳 향해 함께 가는 나의 지팡이 아내와
오랜 시간 함께 하기를 기도한다

상처뿐인 꽃

피지 못한 꽃봉오리들
찢기는 고통으로 총칼 앞에 울고 울던
전쟁에 찢겨진 그날의 소녀들

죽음으로 사라진 존재조차 없는 꽃
아픔을 평생 가지고 살아야 하는 꽃
부끄러워 숨어버린 이름 없는 꽃
나를 찾기 위해 울부짖는 꽃

평화롭던 시골길
살결 어린 꽃의 통곡
I can Speak*
반세기를 넘겨가며 그날의 고통을 증언한다

흉터뿐인 몸 들어내 보여야 하는 진실
폭력에 쓰러져야 했던 처참한 흔적
수많은 꽃분이를 대변한 사실 앞에
고개 숙인다

이제는 몇 명 남지 않은 한 맺힌 외침

살아서도, 죽어서도 풀고 갈 수 없지만
신만은 존재감을 찾아주길

＊I can Speak : 영화 제목

텃밭

된서리에 스며드는 냉기
아이 웃음소리 같던 날들 사라지고
피어나던 꽃송이 찬바람에 흔들리고 있다
이제 막 밭갈이 했는데 발아되지 못한 행복
골목길 서성이는 저녁노을이 시리다

두려워 떨기보다는
깜깜해진 하늘에서 별을 찾아
철새의 깃털 어깨 죽지에 꽂고 날자

경쟁 속으로 키워드 공백을 털고
빌딩숲 간판 위로 기도하는 손 흔들며
농축된 갈망 최선의 메신저 보낸다

이메일 확인하는 빛과 어둠
신의 눈짓 언저리에 있어 환호성 터지고
살얼음 틈 사이 봄을 꺼내본다

이유,

이룰 수 없는 사랑
그리움이 토해놓은 망부석

짝사랑
깊은 밤 문창살에 비친 여인의 그림자

참사랑
미움 지우고 거울 보는 용서의 낯빛

우리의 사랑
조건 없이 취해 사는 것

봄꽃

산산이 흩어진 혈육의 정
잠잘 곳 없어 떠돌던 저녁하늘
아픔,
멸시,
도전,
질긴 생명

내일의 행복 꺼내 볼 수 없던 막연한 하루
얼음덩이 녹이지 못하고 빙산 오르는데
사죄하며 자복하는 엄마의 고해성사
그 눈물 받아 아픔 씻어 내리는
아스팔트 위 잔돌처럼 버려졌던 꽃

원망 잊고 긍정의 삶 사는
아픈 꽃
인내의 꽃

못다 핀 꽃

삶의 구두 신겨놓고 장거리 뛰라더니
뒤축 닳기도 전 폿대 내리는군요

두려움에 떨고 있는 야윈 꽃
강물 위 떠내려가는 풀잎처럼
굽이치는 여울에 기대어
휘돌아가는 물살의 깊이로
그리운 사람 눈물 닦아줄 기억 하나
강물에 띄우고
피멍 허옇게 마름하는 날
하늘 문 두드리고 웃어야지

아직은 시작이 끝나지 않았는데
길가엔 못다 핀 꽃 피어 있는데
뒷걸음치는 생명 잡고 우는데
당신은 삼베적삼 지으려고
서산에 땅거미 내리시는군요

그대로, 이대로, 영원히

친구가 많아요

아니 친구가 없어요

사실은,
생기 넘치는 친구가 있어요

명시 한 줄에
가슴속 박꽃 피우던 단발머리 소녀
단풍들어 화려해지는 모습 아낌없이 사랑하며
묵은 된장의 풍미로
즐거운 웃음 안기지요

친구는
소나무 향내 나는 마음 가졌지요
태풍 지나간 언덕엔 꽃 심어요
상처가 덧나면 눈물 만져줘요
주머니에 욕심 가득 담고 뛰면
비움의 평화 꼭 쥐여 줘요

우리는

행복이에요

마음으로 듣는 소리

춤추는 무희의 옷깃 스치는 안무는
너와 나의 만남을 기억하게 하는 울림
술 취한 노인의 갈지자걸음은 허무한 인생을 그린다
의사의 가위질 소리는 백세 향해 웃게 하고
책장 넘기는 소리 있어 최첨단 살아가고 있다
악보 그리는 연필들 율동에 세상은 아름답고
낙엽 떨어지는 그림자는 겨울을 품에 안기며
나비의 소리 없는 날갯짓은
시인의 시상을 열고 시를 쓰게 한다

내 귀에 들리지 않는 소리는 한낱 장애일 뿐
소리는 침묵으로부터 존재한다

이른 새벽잠에서 깨어 듣는 빗소리
그대를 기다리는 애절함같이
더욱 고독해지는 소리다

은사시나무

은사시나무 푸른 잎에
햇살 내려앉으면
하얀 눈처럼 반짝이며
여름이 겨울인 듯 떨고 있다

느닷없이 떠오르는 아픔
눈 오는 날 잃어버린 얼굴
터지던 웃음소리 별이 되어
햇살 눈꽃으로 떨게 한다

바람 불어와 나무 잎 흔들면
쏟아 내리는 동백 같은 눈물
계절 잊고 따라붙는 기억
봄비도, 소나무도, 붉은 산도, 눈송이도
모두 다 그대 숨소리

불놀이야

이마 속 스크린 빠르게 돈다
아이가 뛰어나와 청아한 목소리
"엄마"
통통한 볼살 올리며 웃고 있다

춤추는 젊음
허공에 매달린 야망
달빛 속살 드러내 놓고
"불놀이야"
청년이 웃고 있다

고운 눈 마주보면
스크린 속엔 볼살 찡그린
아이가 웃고 있는데
아직도 물가에 세워둔 철부지가
산맥 같은 근육으로 눈 속을 빠져 나간다

이마 속 스크린 물에 젖는다

낮은 목소리로

아무 일 없던 음성으로

저 귀머거리와 가까이

할 수 있으면 좋겠네

5

목소리

목소리

낮은 목소리로
아무 일 없던 음성으로
저 귀머거리와 가까이
할 수 있으면 좋겠네

폭풍이 몰아쳐도
변함없이 온유한 음성으로
저 변덕스런 마음에 사과꽃 피우게
할 수 있으면 좋겠네

눈 꼬리 비틀리는 추한 행동에
삼킬 수 없는 비릿한 냄새에
울컥 끓어 넘치는 국물이 된 나

저 눈이 넘치는 국물 닦을 줄 모르고
저 생각이 나를 불이라 돌아서 가네
저 마음이 내 아픔을 보려 하질 않네

고독

다래넝쿨* 온몸 휘감아 돈다
뼛속 깊이 박힌 그리움 문을 연다
생의 끝날까지 죄와 벌
보고 싶다

손가락 잘라 내버린 흔적
눈물 속 뿌리내린 원망
심장 위에 누워버린 통곡
아프다

희나리 진 긴 세월
죽음에 기대 선 여인
어둠의 세월 낙엽처럼 버린다
외롭다

보고파서아파서외로워서
죽음과입맞춤하는
절 대 고 독.

---

* 다래넝쿨 꽃말 : 깊은 사랑

그 남자의 만추

앵두꽃 피는 마을에
튼실한 사람 꽃 피었다
아기 꽃 새순부터 올곧게 자라더니
붉은 열매 매달고 대로의 길 걸었다

가난 속에서도 야망을 지고
내일 향해 질주하던 두려움 없던 젊음
따뜻한 겨울 향해 온갖 시험으로 잃었던 낭만
청춘을 되돌려 그렇게 살라 하면 서럽다는 그 남자
히포크라테스의 선서를 선택한 길 위에 길에서
가난한 화가의 치료비 그림으로 대신하며
샹송, 칸초네를 들으면 행복했던
시간 속

세상을 알고
사랑을 알고
명예를 얻고
하늘의 뜻을 알았을 때
초로의 길 따라 은빛머리 신사
삶의 밭에 떨어진 이삭 주으며

시밭 일구고 있다

그 남자의 가을걷이 충실하다

자유를 내 안에

봄밤 산모퉁이 돌아 숨어 우는 하얀 눈은
나비의 그림자에 꽃잎이 멍든 것은
이별의 애절한 몸짓

입맞춤의 기억은 그리움을 깨물고
사랑의 안무는 어둠 속을 배회하는데
꿈을 깨뜨리던 폭풍의 바람처럼
그는 떠났다

지금은
그리움에 자물쇠 채우고
자유의 평온 닮아가는 연습 중

가까이가까이아주더가까이
자유의 심장 소리 듣는다

파도

하얀 얼굴
모래 위에 스며드는 물그림자
온몸 내던져 깊은 곳 흔들어
감성 일깨우는 두려움 없는 영혼
바다는 창작의 노트
파도는 시인의 넋

할미꽃으로 피려나

언니가 흙의 깊은 속살 속으로 육신을 눕혔다

사람들이 이젠 편안하게 살 거라고 말한다
늦가을 추수한 들판에 떨어진 이삭 같은 삶
마음 놓고 지갑 한번 열지 못하고 떨던 손
힘든 생활 속에서도 항상 밝게 웃던 웃음소리
지금쯤 새집에서 봄 처녀 되어 보리피리 불며 한을 풀려나
언니는 분명 할미꽃으로 피어나
자식들 걱정하며 고개 숙이고 있을 거야

먼 곳에 살던 언니는 여전히 이사하고 연락이 없다

매일의 흔적

거울 속에서 구겨진 종이 뭉치가
덩그마니 나를 응시한다
낯선 줄무늬, 얼룩진 표피,
놀란 눈동자 빛바랜 종이 뭉치를
가방 안으로 밀어 넣는다

창틀에 머리 뉘이고 가방 속 헤집는다

립스틱 뚜껑 열리며 붉은 수다 흩어지고
아찔한 이별, 수첩 속 감춰 놓은 이야기
몸부림치다 세월 물고 있다

마른 꽃 사랑 부어주면 피어날까

거울을 다시 꺼내어 본다
매일의 흔적 구겨진 채 낡아있다

마음

아침에 만난 햇살
당신 얼굴이 희망이래요

저녁에 만난 땅거미
당신 모습이 그리움이래요

밤에 만난 달님
당신 눈빛은 사랑이래요

나는
매일 만나는 당신 생명이에요

지워버리고 싶은

기억에 붉은 점이 생긴다
너무 붉어져서 양심까지 물들어 버렸다
장미가시 꺾어 예쁜 꽃잎 그려 넣는다
박음질 되지 않는 변명이 꽃을 버린다

과거를 넘나드는 자존심
소나무 솔잎 밑에 숨고 싶은 육신
심장은 얼음 위에 누운 활어처럼

미소만을 보여주고 싶었는데

망각의 각 세우고 허물어지는
나를 잡고 정화수 뿌린다.

직선의 잣대 -시

반듯이 누운 하얀 공백 위로
시인은 직선의 잣대를 쓴다
당당한 이유가 가슴을 적시는
생각은 어둠을 뚫고
실낱같은 끈을 푼다

회색 도시가 내뿜는 얼굴 없는 욕망
느낌 잃은 선과 악의 혼돈 모두,
번뇌하는 마음의 길잡이 되어 준다면
삶 속에 신기루 찾게 한다면
시어는 가슴에 풍요의 집 짓는다

하여, 너는
메마른 마음 밭에 풍작 일구어주는 마중물

피다 떨어진 꽃

아무렇지도 않은 듯 눈물을 땀으로 뒤섞는다
최후의 한 걸음마저 꺼진 연탄불 되어 버려진다
세분화된 분석으로 두 귀를 혼란시키는 잘못된 사실
달려가는 군중의 미친 말 말 말,
소용돌이치는 비린내 나는 함성소리
홍수 난 가슴에 소나기 또 쏟아 붓는다

찢어진 통증 되새김질하며
피려다 떨어진 꽃송이 주먹 불끈 쥔다
허망한 노력 다시 포맷하는 붉은 속도
빨랫줄엔 하얀 속옷 자꾸 말리며
승자로 가는 고통의 길 굵은 사다리 엮는다

웃고 있는 얼굴 가면이다

꽃송이 햇살을 들이킨다

멈출 수 없는 빛

기억할 수 없는
전생이었든 꿈속에서든
피었다 진 적 없는
따스함에 처음 맺힌 꽃봉오리

손끝에 닿는 온기 가슴을 뛰게 하고
향긋한 숨소리 야윈 뺨 붉게 물들인다

아찔했던 순간의 떨림은
피돌기 정수리에 멈춘다 해도
초원을 뛰노는 빛처럼
불꽃 같은 사랑 멈출 수 없어요

그 강은 건너지 마오*

세월이 뱃머리를 그 강으로 향하기 전에는
붉은 양 볼이 마른 풀잎 닮기 전에는
늙음을 감출 수 없는 지금
흰 머리 쓸어 올리며 이별을 생각하면
슬픔이 되었소
삶의 잔디 위에 꽃잎 떨어지는 그날이 싫소
그대의 팻기 있는 얼굴 내 심장을 뛰게 하잖소
느즈막이 가슴 열어놓고 함께하는 하루가 소중하오
내 이름과 그대 이름 운명 속에 새겨놓고
식탁 위에 우리 마음 포개놓고
하루 빛 백년해로하자고
내일을 두려워하지 않던 젊음
불현듯, 붉은 추억 건드리며
열정 잃어가는 손등 쓰다듬어 주는 사랑인데
강 건너는 이별을 어떻게 생각하겠소

내 심장 나누어 가진 그대
작은 미동조차 사리진 나룻배에 앉아
그 강만은 건너지 마오

---

*그 강은 건너지 마오 : 영화 제목

계절 잊고 따라붙는 기억

봄비도, 소나무도, 붉은 산도, 눈송이도

모두 다 그대 숨소리

나무 한 그루가 지탱하였을
엷고 진한 나이테의 흔적

지연희 시인

나무 한 그루가 지탱하였을
엷고 진한 나이테의 흔적

●

지연희 시인

애초에 생명을 부여받은 모든 존재들은 생존을 유지하기 위한 파란으로 시작되었다. 조그마한 씨앗이 땅속 깊이 뿌리를 내리고 야무지게 생명을 돋아 올려 한 그루의 나무로 세상에 우뚝 기지개를 펴기 위해 혼신을 다해야 했다. 단숨에 한 문장으로 수용되는 이 같은 '생명 질서'의 과정을 우리는 인생이라 하며 매 순간 파란만장한 진통을 견디어 내느라 땀을 흘리곤 한다. 꽃을 피우고 열매를 맺고 여문 씨앗을 흙에 흩기까지 저 자연의 순환 고리는 오늘도 끊임없이 쳇바퀴를 반복하고 있다. 최완순 시인의 첫 번째 시집의 고리도 이 광활한 삶의 세상에 놓여진 편린의 집합이다. 홀로 자유로울 수 없는 나무 한 그루의 생멸의 의미를 농축해 내고 있는 것이다. 자연의 숨소리 찬연한 숲(세상)의 내력을 조망해 내고 있다. 궁극적으로 나무 한 그루가 지탱하였을 엷고 진한 나이테의 흔적을 언어의 미학으로 살펴내고 있는 것이다. 일찍이 아놀드(Matthew Arnold)는 '시는 인생 비평'이라 언급했다. 인간의 삶의 세계와 체험의 세계를 그려내는 일이라는 것이다. 최완순 시인은 시인이기 이전에 두 권의 수필집을 출간한 수필가였다. 혼신을 다한 그의 문학열정은 좋은 문학인이 되어야 한다는 이상(理想)으로 가득한 사람이다. 특히 시문학 성장을 위한 남다른 집념이 크다. 더불어 오늘 첫 시집 출간의 의미는 모퉁잇돌을 이루어 시문학 건축의 튼실한 내일을 내다보게 한다.

숨소리 파랗다
웃음소리 싱그럽다
죽어가는 것들 소생력 치열하다
검어진 얼굴 꽃비로 세수하고
가지마다 태아의 울음소리 맺히면
새 살 돋아난 생명들 들숨 날숨 꽃이다
각질 벗겨진 피부 아기 얼굴이다
핏물 물고 상처 치유하는 저 환희
살갗 터지는 고통
생의 서막이다
― 시「봄 1」전문

지하철 층계를 오르내리는 경제일보 먹구름이다
입 속 머뭇거리는 말 송곳 될까 조심스럽다

재래시장 생선가게 여자의 계산기 치는 소리 혀끝이 맵다
붉은 통속에 갇힌 물고기 바다 냄새 그리워
비늘 벗겨진 채 검은 눈만 껌벅거리고 있다
인생을 막 설계하려는 청년의 흰 종이 구겨져있고
전쟁인지, 안보인지, 평화인지, 어제 같지 않다
바람에 꺾인 가지 참새들 앉을 곳 잃었다

화려한 빈곤 속에 고단한 현실이
또 하루를 옮기는 지금
튼실하게 뿌리내릴 땅이 말라가고 있다
            – 시 「또다시 부는 바람」 전문

　'살갗 터지는 고통/생의 서막이다'는 이 단명한 언어의 의미
는 '봄'의 총체적 은유이다. 봄은 살갗이 터지는 고통이 없고서
는 계절의 문을 열 수 없다는 응축의 의미를 내포하고 있다. 그
만큼 봄은 땅속 깊이 숨죽였던 생명의 부활을 공표하는 계절임
에 분명하다. 다투어 돋아나는 파릇한 부활의 눈뜸은 윤기어린
신세계의 낯빛으로 세상과 대변하는 신비의 울림이다. '죽어가
는 것들의 소생력' '가지마다 탄생의 울음소리'로 '살갗 터지는
분만의 고통'을 감내해야 하는 산모의 희생적 사랑이 도처에 빈
번한 공간이다. 봄은, 살아 있음의 기운이 생성하는 나무와 풀

과 온갖 곤충이며 하물며 겨울잠에서 깨어난 동굴 속의 동물들까지 기지개를 켜는 생명존재 일체의 부활을 보여준다. 시인은 경이롭게 시작되는 이 계절을 '핏빛 물고 상처 치유하는 환희'라고 했다. 울긋불긋 핏빛으로 흘러내리는 꽃물의 도가니가 시 「봄 1」의 내력인 것이다. 위대한 언어의 확장이 의미를 더하는 시인의 상상력이 감동을 일게 한다. 반면, 시 「또다시 부는 바람」은 '바람'으로 야기된 불확실한 사회가 안고 있는 삶의 현상을 은유적 언술로 풀어내고 있다. '지하철 층계를 오르내리는 경제일보 먹구름이다/입 속 머뭇거리는 말 송곳 될까 조심스럽다' 매우 걱정스러운 소시민의 목젖 가득한 염려가 들려오고 있다. 하강하는 지하철 층계에 비유된 녹녹치 않은 나락 경제의 '먹구름'을 이 시는 대변하고 있다. 재래시장 생선가게 붉은 통 속에 갇혀 비늘 벗겨진 채 검은 눈 껌벅거리는 생사가 두려운 한 생명의 저문 현실을 고발하고 있다. 이제 막 사회 초년생이 되어 취업을 꿈꾸던 청년의 목숨 걸었던 종이(이력서)들을 구겨버리고, 바람에 꺾인 가지를 잃고 제 몸 의지할 여분이 보이지 않는 참새들의 절망과 마주선다. '화려한 빈곤 속에 고단한 현실이/또 하루를 옮기는 지금/튼실하게 뿌리내릴 땅이 말라가고 있다'는 마지막 연의 3행은 끔찍한 절망의 늪을 그려내고 있다. 비관적인 내일은 존재의 모두를 잃는 참상이다. 오늘은 내일을 희망차게 설계할 수 있는 디딤돌임에도 상실된 오늘을 염려하는 이 시의 치유 해법은 보이지 않는다.

노인의 얼굴이 산이다
함께 가던 세월이 불을 지피고 있다
노인의 치마가 붉게 타고 있다

온 산이 피를 토해 내고 있다

노인의 얼굴이 낙엽이다
멈추지 않는 시간
생의 옷을 벗긴다
알몸 바람에 스러지고 있다

노인은
봄을
어루만진다.

– 시「생(生)」 전문

목마 탄 꿈은 뒷걸음질 치고
거울 속 젊은이 절뚝거리고 있다
맞출 수 없는 미래의 퍼즐 조각들
산재한 욕망의 지문 자국
내일을 밀어내고 있다

먼지처럼 가벼워지고
쌓이는 눈처럼 깊어지고

좌절은 절망과 입맞춤하는데
그 속에 몸부림치는
절대 고독

덫에 걸린 내 안의 나
남루한 절제를 걸친 채
낮달의 겸허한 모습 절망이라 말하며
과욕을 분신처럼 방안에 눕힌다
허기진 욕망 습한 하루가 무너져 내린다
- 시 「공허」 전문

   시 「생(生)」은 붉게 물든 가을의 풍경을 배경으로 깔아 놓고
그 그림 위에 노인의 얼굴과 노인의 치마를 붉게 물들이고 있
다. 마침내 붉은 염료를 풀어 피를 토하며 떨어지는 '낙엽'의 조
락의 이미지가 이 시의 메시지로 부상한다. 가을은 생(生)의 보
폭으로 짓는 일생의 가장 화려한 조감도이다. 마지막 혼신을 다
하는 생명존재의 떨어져 내림을 아름답게 장식하는 커튼콜이
다. 격정의 바람으로 부딪치는 존재 비우기의 저 아득한 피안
의 섬에 유배시키는 지평선, 참으로 당연하고 필연한 그 문장들
은 생이라는 다채로운 핍박 속에서도 어느 순간 아름다웠다는
그날의 봄을 시 「생(生)」은 어루만지고 있다. '노인의 얼굴이 낙
엽이다/멈추지 않는 시간/생의 옷을 벗긴다/알몸 바람에 스러

지고 있다'는 예비 되어진 시간의 문을 닫는 노인의 부서져 흩
날리는 옷자락이, 연민의 아쉬움이, 핏빛으로 물들고 있다. 그
럼에도 어느 생이 허무하지 않을 수 있을까. 그만큼 집요하게
다가서는 빈 가슴의 무상을 시「공허」는 단호한 목소리로 들려
준다. '목마 탄 꿈은 뒷걸음질 치고/거울 속 젊은이 절뚝거리고
있다/맞출 수 없는 미래의 퍼즐 조각들/산재한 욕망의 지문 자
국/내일을 밀어내고 있다'는 것이다. 거울 속 젊은이 절뚝거리
고 맞출 수 없는 미래의 퍼즐 조각들이 욕망의 자국으로 쌓여
만 가지만, 신뢰할 수 없는 내일은 보다 더 깊은 나락의 깊이로
스미어 몸부림치는 공허로 무너져 내린다. 먼지처럼 가벼워지
고 눈처럼 깊어지는 절망으로 미래를 설계하기조차 두려운 자
폐에 빠진 젊은이들의 고뇌를 최완순 시인은 대신하고 있다. 시
「생(生)」이나 시「공허」속에 등장하는 인물의 참담한 절규를 기
성인으로의 우리 모두는 귀담아 들어야 할 과제임을 인식하게
한다.

죽은 듯 누워있다

공백, 침묵, 어둠

부스스 일어나
허기진 사람처럼 먹을 것 떠올리며

냉장고 앞을 서성인다
먹을 만한 것 무엇이 있나
사과, 수박, 아니지 씹는 맛 나는 것?
없다
아이스크림은 어때?
냉장고 앞을 떠나
소파에 몸을 던진다.

공백, 침묵, 어둠

시계를 들여다본다
땅거미, 20시 30분

기다림, 만남, 미소

퇴근 시간 맞춰 발소리 소란스럽다
땀 냄새 부비며 밖에서 들어온 사람들
창틀 밖 불빛 속에 누워있다
나도 누워있다
혼자 있어도 혼자가 아닌 듯

                              – 시 「지루한 하루」 전문

숫자로 묶인 달력 속에 산다

끝이 없는 이야기 각색하며

일상과 손잡고 매일 집에서 나온다

가는 곳은 현재와 미래와 과거다

광년의 빛을 피부로 두고
뛰지 않는 심장을 달고 있다

하루는
우리에게 필연의 삶을 자유롭게 주고
세월이 낡아 주름지고
온몸의 곡소리 병동을 찾을 때
흙의 밀실로 숨소리 안내한다

영원과 죽음이 공존하는

하루는 심장이 없다

― 시「하루는」 전문

　삶이 무료해진다는 것은 할 일을 잊어버린 시간 너머의 지
루한 일상이다. 찰나에 아무생각 없이 몸이 시키는 대로 무엇
에 집착하다가 또 다른 어떤 문제에 몰입하기도 하는 싫증이
난 상태를 말한다. 시「지루한 하루」는 '죽은 듯 누워있다'는 비
워진 시간의 공백에 스며드는 침묵과 어둠의 시작으로 일어나

거실을 배회하는 인물의 움직임이 동영상처럼 조명되고 있다. '부스스 일어나/허기진 사람처럼 먹을 것 떠올리며/냉장고 앞을 서성인다/먹을 만한 것 무엇이 있나' 궁리하면서 땅거미 어둠에 묻히는 깊어지는 밤 냉장고 비어있는 과일 박스를 확인한다. '사과, 수박, 아니지 씹는 맛 나는 것?/없다/아이스크림은 어때?' 스스로에게 질문하다가 다시 '냉장고 앞을 떠나/소파에 몸을 던진다.' 거듭되는 공백, 침묵, 어둠 속에서 시계를 들여다본다. 땅거미가 다 진 20시 30분 드디어 누군가를 기다림은 끝나고 누군가와의 만남을 상상하며 입술에 감도는 미소를 만든다. '기다림, 만남, 미소 땀 냄새 부비며 밖에서 들어온 사람들이 창틀 밖 불빛 속에 누워 있다. 나도 누워있다.'는 밤, 혼자 있어도 혼자가 아닌 듯 불투명한 하루를 온몸으로 감싸고 누워있는 한 인물의 움직임을 시「지루한 하루」는 섬세하게 그려내고 있다. 반면 지루하거나 무료하거나 하루의 모든 시간은 '숫자로 묶인 달력 속'에 존재하고 있다고 말하는 시「하루는」은 일상 속의 내가 끝이 없는 삶의 이야기를 만들고 이야기를 각색하며 하루라는 집을 짓기 위해 세상 밖으로 진입하고 있다. 문 밖을 빠져나온 인물의 적나라한 삶의 편린들이 모여 과거를 만들고 현재와 미래를 설계하지만 하루는 '광년의 빛을 피부로 두고/뛰지 않는 심장을 달고 있다'는 시간의 끊임없는 연속성을 '광년의 빛'으로 그려내고 있다. 오랜 세월 동안 어제처럼 오늘처럼 내일처럼 변치 않는 모습으로 필연한 매일의 하루를 설계하고 있

다. 그럼에도 '세월이 낡아 주름지면 흙의 밀실로 데려가 숨소
리를 멈추게 한다'는 영원과 죽음이 공존하는 시간의 늪 속에
진행형으로 존재하고 있음을 증명하고 있다.

삶의 구두 신겨놓고 장거리 뛰라더니
뒤축 닳기도 전 푯대 내리는군요

두려움에 떨고 있는 야윈 꽃
강물 위 떠내려가는 풀잎처럼
굽이치는 여울에 기대어
휘돌아가는 물살의 깊이로
그리운 사람 눈물 닦아줄 기억 하나
강물에 떠우고
피멍 허옇게 마름하는 날
하늘 문 두드리고 웃어야지

아직은 시작이 끝나지 않았는데
길가엔 못다 핀 꽃 피어 있는데
뒷걸음치는 생명 잡고 우는데
당신은 삼베적삼 지으려고
서산에 땅거미 내리시는군요

– 시「못다 핀 꽃」전문

은사시나무 푸른 잎에
햇살 내려앉으면
하얀 눈처럼 반짝이며
여름이 겨울인 듯 떨고 있다

느닷없이 떠오르는 아픔
눈 오는 날 잃어버린 얼굴
터지던 웃음소리별이 되어
햇살 눈꽃으로 떨게 한다

바람 불어와 나무 잎 흔들면
쏟아 내리는 동백 같은 눈물
계절 잊고 따라붙는 기억
봄비도, 소나무도, 붉은 산도, 눈송이도
모두 다 그대 숨소리

— 시 「은사시 나무」 전문

시 「못다 핀 꽃」은 꽃피우지 못한 생명 하나의 성급한 종말을 메시지로 담고 있다. 아쉽고, 슬프고, 안타까운 이별의 다변성을 제시하며 불현듯 다가선 죽음의 늪에 빠져 고뇌하게 한다. 무엇 때문에, 어떻게, 신을 벗었는지(죽음에 이르게 되었는지) '당신'에 대한 이별 경위서가 이 시의 길을 열게 한다. 죽음은 탄생 못지않은 신비로운 놀라움을 동반한 크나큰 사건이다.

더구나 젊음의 그늘에 갇혀 생명을 잃어버린 '못다 핀 꽃의 슬픔'은 어느 순간 생명으로 시작된 존재 하나가, 어느 순간 생명을 빼앗긴 부재의 허망함으로 남는 아픔인 까닭이다. '삶의 구두 신겨놓고 장거리 뛰라더니/뒤축 닳기도 전 폿대 내리는군요' 지극히 창대한 시작으로 문을 열어놓고 느닷없이 문을 닫는 당신의 부재를 단두대의 폿대 내림으로 신은 생사의 경계를 긋고 있다. '두려움에 떨고 있는 야윈 꽃/강물 위 떠내려가는 풀잎처럼/굽이치는 여울에 기대어/휘돌아가는 물살의 깊이로/그리운 사람 눈물 닦아줄 기억 하나' 유유히 남기고 손수건을 흔든다. 그럼에도 당신은 하늘 문 두드리며 웃을 거라는 못다 핀 꽃의 비련의 노래를 이 시는 담담하게 들려주고 있다. 시 「은사시 나무」에서도 절실한 이별의 아픔이 존재하고 있다. 은사시나무 푸른 잎 위에 내려앉은 햇살이 하얀 눈처럼 반짝이고 있는 도입부의 언어가 제시하는 의미는 햇살의 눈부신 광채의 크기(정도)를 풀어내기 위한 수법이지만 사실은 여름이라는 계절이 겨울인 듯 떨고 있다는 의미를 부각시키기 위한 시인의 비장한 의도이다. 여름이 겨울인 듯 떨고 있는 모양은 느닷없이 떠오르는 아픔의 원형질로서 '눈 오는 날 잃어버린 얼굴'에 투영된 그리움이다. 바람 불어와 나뭇잎 흔들리면 온몸으로 떨어져 내리는 동백꽃 같은 순정한 이별의 슬픔과 연결된다. '계절 잊고 따라붙는 기억/봄비도, 소나무도, 붉은 산도, 눈송이도/모두 다 그대 숨소리'로 들리는 잃어버린 추억 저편의 애틋한 그리움이다.

낮은 목소리로
아무 일 없던 음성으로
저 귀머거리와 가까이
할 수 있으면 좋겠네

폭풍이 몰아쳐도
변함없이 온유한 음성으로
저 변덕스런 마음에 사과꽃 피우게
할 수 있으면 좋겠네

눈 꼬리 비틀리는 추한 행동에
삼킬 수 없는 비릿한 냄새에
울컥 끓어 넘치는 국물이 된 나

저 눈이 넘치는 국물 닦을 줄 모르고
저 생각이 나를 불이라 돌아서 가네
저 마음이 내 아픔을 보려 하질 않네
                    – 시 「목소리」 전문

언니가 흙의 깊은 속살 속으로 육신을 눕혔다

사람들이 이젠 편안하게 살 거라고 말한다
늦가을 추수한 들판에 떨어진 이삭 같은 삶
마음 놓고 지갑 한번 열지 못하고 떨던 손

힘든 생활 속에서도 항상 밝게 웃던 웃음소리
지금쯤 새집에서 봄 처녀 되어 보리피리 불며 한을 풀려나
언니는 분명 할미꽃으로 피어나
자식들 걱정하며 고개 숙이고 있을 거야

먼 곳에 살던 언니는 여전히 이사하고 연락이 없다
　　　　　　　　　　　　　－시「할미꽃으로 피려나」 전문

　　시「목소리」는 듣지 않았으면 좋았을 말과 행동에 상처를 입은 '나'의 아픔이 극명하게 표출되어지는 내용이다. '낮은 목소리로/아무 일 없던 음성으로/저 귀머거리와 가까이/할 수 있으면 좋겠네' 청각을 자극하는 모순된 말들이 차라리 귀에 들리지 않았으면 좋았을 것이라는 바람이다. 아니면 차라리 귀가 들리지 않는 청각장애인이었다면 이해하기 쉬웠을 것이라는 소통불가의 답답함을 이 시는 들려주고 있다. 사람과 사람의 관계 속에서는 상대의 공연한 오해로 빚는 불협화음이 적지 않다. 세상 속 '폭풍'과도 같은 괴변 속에서도 온유한 음성으로 이해할 수 있는 마음의 여유를 지니기 기대하고 있다. 화자는 그가 어떤 변덕스런 상황에 있다 하더라도 사과 꽃을 피워낼 수 있기를 소망하고 있다. '눈 꼬리 비틀리는 추한 행동에/삼킬 수 없는 비릿한 냄새에/울컥 끓어 넘치는 국물이 된 나' 일지라도 한순간에 불어 닥친 광풍처럼 울컥 끓어 넘친 슬픔이 시의 행간을

가득 채우고 있다. 목소리는 내 끓어 넘치는 국물(울분) 닮을 줄 모르고, 목소리는 나를 불이라 돌아서 가고, 목소리는 내 아픔을 보려하지 않는다. 하지만 화자는 '저 변덕스런 마음에 사과꽃 피우게 할 수 있었으면 좋겠다'는 바람을 지니고 있다. '목소리'에 전하는 모성성, 혹은 곱디고운 여성성이다. 시 「할미꽃으로 피려나」는 언니의 '늦가을 추수한 들판에 떨어진 이삭 같은 삶'을 조망하고 있다. 흙의 깊은 속살 속으로 육신을 눕히고 비로소 편안하게 살 거라 말하게 되는 언니의 고단한 삶의 내력을 짚어내고 있다. '마음 놓고 지갑 한번 열지 못하고 떨던 손/ 힘든 생활 속에서도 항상 밝게 웃던 웃음소리' 처연하게 들리는 그 언니는 지금쯤 새집에 들어 봄 처녀가 되어 보리피리 불며 당신이 살고 싶었던 삶을 살 것이라 한다. 그러나 사랑 가득히 베풀 줄 알던 '언니는 분명 할미꽃으로 피어나/자식들 걱정하며 고개 숙이고 있을' 것이라 한다. 자식들 험난한 세상에 남기고 가며 자나 깨나 무거운 걱정으로 고개 깊숙이 숙이고 할미꽃으로 피어있을 것이라 한다. 가늠을 수 없는 완곡한 모성으로 붉게 꽃피어날 것이라 한다.

최완순 시인의 첫 시집 『네 눈 속에 나』 읽기를 이쯤에서 접는다. 매사에 성실하고 정확하며 시, 수필을 쓰는 문단의 한 일원으로 활동하고 있지만 그림을 그리는 화가의 명맥을 잇고 있는 다재다능한 예능인이다. 수필집 두 권을 출간하던 지난 근 8여 년 전 즈음 그 열정은 하늘을 찌를 듯 맹렬했다. 무엇을 계

획하고 실천하는 일은 생각처럼 쉽지 않지만 투철한 의지를 세워 최선을 다할 때 소귀의 목표에 이를 수 있다는 사실을 최 시인은 져버리지 않았다는 것이다. 그 같은 혼신을 다한 글쓰기의 노력이 시인의 이름을 얻는 바탕이 되었으리라는 생각을 한다. 좋은 시 쓰는 시인으로 거듭나기 위한 앞으로의 노력은 더욱 뼈를 깎는 일이어야 하지만 활화산 같은 시인의 열정이 이루어 낼 것이라고 기대한다.

네 눈 속에 나

최완순 시집

네 눈 속에 나

최완순 시집